KB067617

문사동問師洞 가는 길

문사동問師洞 가는 길

백천 김재근 시집

인문MnB

생명의
소리를 듣는다

자연에서
경험한
느낌에다

내면의
작은 소리들을
모아서

여기에
담아 본다.

2020년 12월
백천 김재근

백천 김재근 시집

문사동-問師洞 가는 길

차례

제3부 새도 나를 가르친다

제4부 물도 때론 화를 낸다

제5부 산으로 오라

● 김재근의 시세계

산시山詩와 방하착放下着의 시학

제1부

산자고

봄까치꽃

햇살 한 줌에
꽃샘추위쯤은 아랑곳없이 한겨울도
밀쳐낸 내공

안개구름 피는 가슴속에
연보라 옷을 걸친 깜찍한 모습

뭉쳐야 산다는
그 말의 뜻 몸으로 은유하는
쌀알만큼 큰 꽃

뭇 시선의
갈채를 받지는 못해도
가냘프고 부지런한 여인의 창작품

작아도 맵고
농축된 힘이 있다는 걸
보여주는

봄의
매신저

색色의 선물

바위 절벽 사이로
갓 태어난 병아리 다섯 마리가 얼굴을
내밀었다

어미는 어디로 가고 없는데
저희들끼리 다섯 날개를 바늘 기둥으로 밀어 올리고
활짝 기지개를 폈다

처음 본 세상이 신기하여
여기저기 기웃거리며 재잘거리고 있는데

한 생명이 태어남은
생살을 찢어내는
고통이지만
드디어 숨 쉬는데 성공한 것이다

비록 어리지만 그들은 선수였다
이른 봄이 그리워
잎도 나기 전에 서둘러 돋아난

도봉산
노오란 제비꽃
다섯 형제들

천혜향

한라산의 이슬로 자란
황금빛 은은한 미소가 유혹한다

코끝으로 전해오는
농익은 속살이
한입 가득 달려오는 밀원蜜源

잊을 수 없는
내밀한 향기 가득 영글어
내 앞에 나타나기까지

겨울을 깨고
생동하는 봄의 화사함
태양의 불타는 열정에
뭇 서리의 늦가을로 이어진 인내와
땀이 빚어낸 맛의
결정체

그 일 년의 그 결실을

음미하는

오늘은
특별하게 향기로운 날

노루귀

신비로운
새 생명의 산실인 봄

손바닥 햇살에
겨우내 지켜오던 얼음을 밀어내고
올라온 한 생명을
꽃샘추위가 시험하고 있는 외진 숲속

부지런함이 지나쳐
잎도 나오기 전에 벙글은
토종의 한지韓紙도 서러울
순백의 꽃이
활짝 대문을 열어 손님초대에 바쁘다

친구들 모인 웃음 잔치에 초대된
벌 한 마리
꽃술에 앉아 첫 꿀을 대접 받아 사라지고
다음 벌이 날아와 꿀 축제다

봄바람이 불면 부는 대로
춤을 추는 현장을
조금 게으르게 찾아보면
얼굴도 볼 수 없는 봄의 전령

노루의 귀를 닮았다는
장봉도 노루귀
정겨운 이름의 그가 겨우내
그리워하던 봄을

반갑게
안고 왔다

산수유 꽃

인해 전술이다
한겨울 지나자마자 제 세상인 듯
가지라고 생긴 곳 모두
무장을 하고
미어져라 미친 듯 발사하는
힘의 원천

노오란 총탄
마구 퍼붓는 위력에
눈치 보러 왔다가
기세에 눌러서 꼼짝 못 하는
꽃샘추위를
무수한 작은 총알의 산수유가 기분 좋게
평정하고

겨울
남들 추위에 몸 웅크릴 그때 다시
그 검붉은 꽃이
제 세상인 듯

하얀 눈밭에
색의 화음으로 수繡 놓은

그날 생각하리

여우꼬리의 변신

살짝 모습을 보인
얼음 날씨에
햇살이 방긋 웃으며 거실로 걸어오네
날마다 쌀눈만큼 밀어 올리는
작은 생명체 하나
품고서

여리고 앙증스런 몸
자연이 그린 녹색 수채화

주홍의 보드라운 털 꼬리를 드리운
애완동물처럼 다가온
깜찍하고 애교가
가득 열린 여우꼬리 꽃

이 겨울
다른 수목들은 스스로 옷도 벗어
짐을 덜어 내는데
물 한 줌의 관심에도

풋풋한 초록 꿈을 이루려는

여린 몸이 발산하는
따스한 전율

구절초 · 2

바위가 머금은 아침 이슬로
피워 올린 해맑은 얼굴

떠나는 구름처럼
한 점 욕심도 비워낸 구도자 되어
봄여름의
열정적인 유혹도 거절하고

가을을 품은 햇살이 빚어낸
아삭한 황금배의 단물 그 진한
향기가 전해 올 때까지 기다리며
하늘에
순백의 기품
그 하나로 가슴을 펴다

굽어져도 꺾이지 않는
이 땅을 수호한
잡초들의 생명과 끈기를 담은 혼이
여기

활짝 열려 있는

구절초 무리들

두메부추

하늘에 닿은 오서산 정상에
보랏빛 어린 아기들
무리지어 방실방실 웃고 있네

한 어머니에
스무 명이 업혀 있는 모습 앙증스럽고
안타깝기까지 하네

모두들
수줍은 듯 속눈썹이 깜박이네

부드러운 풀의
연약한 몸이지만 태풍도 이긴 내공
작아도 당당하네

푸른 하늘의 기운
땅의 정기 먹고 자라서 티 없이
맑은 얼굴이네

어릴 적 이웃의 열 세 형제들
한 상에 수저 들고 열심히 먹던 귀엽고
올망졸망한 모습이네

맥문동 씨처럼 작고 깜찍한 얼굴에
억새도 자리를 양보했네

가을 햇살이 보살피는
황금 들판에 욕심 없이 뛰어 노는 아이들처럼
모두

흐뭇하게 웃고 있네

염원

첩첩산골
한여름의 영월 단풍산 중턱

태양의 함박웃음에도
외진 곳에 터를 닦은
크다가 멈춘 산나리 꽃 세 송이

바위 곁에 놀러온
바람 한 줌 모으다가
무엇이 그리워서 혼자 서성이면서
조그만 소리
가는 떨림에도
고개 들어 좌우 살피다

파도처럼 밀려오는 상념을
가슴에 담고
두 손 모아 기원하는 간절함이
지난밤을
하얗게 새운 모습이네

상기된 미소로
누구를 기다린다는 건
희망과
설레임의 또 다른

염원念願

겨울 억새

한겨울 억센 바람이
쇠잔한 몸을 마구 흔들자 어깨를 부딪치며
힘없이 부르르 떨고 있는

이제는 하얗게 센 머리도
벗겨진 채
한 생의 푸른 기운을 모두 소진한 삶의 터전에서
온몸이 쓰러질 듯 버티고 서서
서걱대고 있는 억새 무리들

젊은 시절의 진액을
모두 쏟아내어 온 정성으로 키워낸 분신들이
모두 날아간 빈 집
고향을 지키는 우리 부모의 마음들

좋은 터에
자리 잡으라는 당부와 함께
자신의 힘든 삶을 이어야 하는 걱정이 앞서
노쇠한 몸에

한 점 눈물도 말라 그냥 바라보기만 하는
이 겨울의 추위

따뜻한 소식 오기까지
인고忍苦의 시간을 온몸으로 기다리는

처연悽然한
삶의 뒷모습

황매산 철쭉

황매봉 계곡
흐르는 물길에 면면히 숨어든
민생 따라
매화 다섯 꽃잎 속으로 터를 잡은
철쭉나무들

혼자는 외로워서
무리지어 살고 있는지
넓은 평원과 사면에서 기도하듯
그렇게 모여서
구름과 함께
까칠한 바람이 불어도 조용히 흔들리며

일 년을
숨 죽여 기다리다가
주어진 며칠 동안
운명인 듯 티 없이 맑게 웃고 있다

산다는 것은

이렇게
스치는 바람에도
슬프지 않게
있는 듯 없는 듯
기다리며
소리 없이 견디며 사는 거라며

겸손하게
길을
연다

산자고

겨울을 뚫었다
성냥개비 허리로 맨땅을 밀어 올렸다

여섯 가닥의 붓으로
봄 처녀의
순결한 영혼을 홀로 그린 전시회

한 뼘 길이의 부추 같은 잎
서너 가닥 사이로
겨울눈을 차용한 꽃에
개나리 빛 수술로 조화를 이룬 그녀가

바다를 밀어낸
장봉도
그 섬을 메고 서 있다.

제2부

어떤 역할

죽방렴 멸치

가락동 건어물 시장에
헤엄치던 푸른 바다가 포진하고 있다

마음껏
뛰어 놀던 자유도
살기 위한 몸부림도 이제는
비워 버린 몸

짧은 생
뜨겁게 살다가
올라와
시장 소반에서 손님맞이에 익숙하다

그들이 퍼 올린
짭조름한 맛의 결정체

세상에
헌신하는 길은 필요한 이에게
자신을 공양하는 것이라며

열반에 든

은빛 바다

문사동問師洞 가는 길

폭포 위 바위에 새겨진
세 글자 아래로 흐르는
운율이 음악성을 더하고
산 벚꽃 홍도화 꽃들이 자신들의 색깔로 봄의
향연을 펼치고 있다

봄날에 피는 꽃들은
경쟁이나 하듯 모두 농익어야 하는지
그들의 유혹은
참기 어려운 춘정을 부르고
지나가던 등산객은
아름다움에 취해서 즐거운 표정으로
오늘의 자신을 담기 바쁜데

그대 알고 있겠지
문사동問師洞 세 글자
스승을 받들어 모신 제자들의 이유를

언제였을까

흐르는 물은
바위 계곡에서 도포 자락 날리던 선비들이
가슴으로
시를 짓거나 산수화를 치던 옛 모습을
흔적도 없이 지웠다

화사하던 봄꽃도
함께 즐기던 사람도 언젠가는
가야만 하는 길

그래도 오늘은
저기 앉은 바위 글자 석 점과 같이
배움의 즐거움에
감사하며 살 일이다

가을 감感의 서정

달리는 차창 밖으로 산도 지나가고
엎드린 집도 지나간다
구름 사이 쏟아지는 햇살 아래
펼쳐지는 전원 풍경들

늦가을이 비집고 들어와
황금 들판까지 거두어 가고
고즈넉한 지붕 위로
감들이 노랗게 영글어 간다

유년 시절
서리를 맞은 감에
하얀 분이 들어 있던 달콤한 맛의 추억이
입안에서 군침 도는데

질항아리에 보관된
잘 익은 홍시를 아픈 허리에도
등 구부려 꺼내어 주시던 어머니 마음이
겹쳐진 고향

하루 두세 번 지나가는
시골 버스의
도로 모퉁이 외진 그곳의
따뜻한 정을 거래하는 주름진 할머니들

붉은 해가 다 지도록
거두지도 못하고
펼쳐 놓은 노오란 감 몇 망태의

농심

농촌 추억

한여름
매미가 끝도 없이 사랑을 갈구하던 저녁

하루 종일
무논에서 벼 사이 잡초 제거 일로
허기진 배를 채우려
보리밥 한 그릇
알싸하고 싱싱한 풋고추에 강된장을 푹 찍어
한입 넘기고
찬물 한 그릇 비우면
목까지 밥이 차오르던 시절

개구리들의 합창이
자장가처럼 울리고

모기들 등쌀에도
몸 보시하며 꿈속으로 떨어지던 그때

세상모르고

아이들 잠든 위로
둥근달이
빙그레 웃으며 내려와 이불을 덮어 주었고

달빛에 취한
들판의 벼들도 웃으며
잠들었지

바이러스 핵폭탄

크다고 힘이 센 것은 아니다
형체도 모르는 눈에 보이지도 않은 것이
원자폭탄보다 더 큰 힘으로 세계를 지배하고 있다

뭉쳐야 힘이 있고
뭉쳐야 산다는 것도
틀릴 때가 있다는 것을 알려주는 말이
진실처럼 들릴 때가 있다

부자도 가난한 자도
큰 나라 작은 나라 가리지도 않는다
유채꽃도 갈아엎고 벚꽃도 출입出入통제다
유치원도 학교도 경로당도 비우게 하고 사랑의 결혼식도
달리던 경제도 길을 잃었다
집단으로 모이는 곳은 모두
원자폭탄을 투하한다

친할수록
떨어져 있어야 안전한 현실

몸은 멀리하고
마음은 가깝게 하라는 말이 맞는 말일까
멀리 떨어지면
불타던 사랑도 식어가는데
이번 전쟁에서는
살아남기 위해 사주경계를 서는 병사들의
어쩔 수 없는 선택

중국에서 시작된
우한 바이러스 핵폭탄

사람은 사람으로 살고
야생동물은
야생으로 살게 두어야 한다는
자연의 법칙

보이지 않은
또 하나의 교훈이 아닐까

작은 것에 대한 교훈

세상을 지배하는 건
사람만이 아니다

설날 명절에
난데없는 우한 폐렴이
넓은 중국 땅도 부족해서
세계의 하늘 땅 바다에 통행금지선을
설치했다

전염병 공포에
지구의 무수한 생명들이 신음하고 있는데
작은 기침 하나에도
한여름 소나기 피하듯 화들짝 놀라는
전철 안 풍경
마스크
마스크 패션이 일상화 된 얼굴들

그들은
백화점 병원 학교

어린이 유치원도
문 닫게 하는
무소불위 침입자

사람들의 일상생활에서부터
생각과 행동
기존 질서를 바꾸는
눈에 보이지도 않는 작은 바이러스

맵고도 독한 것
더 이상 접근금지다

미카 기관차

시간이 정지된 화랑대역 역사에
석탄 증기 기관차가
기약도 없는 휴식에 들어가 있다

어린 시절
기차로 3년간 통학하던 때
비린 냄새가 후각을 마비시키는 멸치 젓통을
머리에 이고
차에 오른 아주머니 행상들과 한 시간을
함께 이동한 때가 있었는데

가족들의 생계를
무거운 짐 통 하나에 의지하며 시골 구석구석으로
다리품을 팔면서 다녔던
억척스런 이 땅 여인들의 간난艱難했던 지난 시절
오르막 철로에서
가쁜 숨으로 수증기를 내뱉으며
열심히 달리던 석탄가루 그 열차

오늘은
철길 옆 벚나무가 봄을 축복하는
꽃비를 뿌리는 길 위로
손잡고 걷는 연인들 모습이
영화의 배경 풍경보다 더 아름다운데

그 시절 함께 탑승한 승객들이
흘린 땀이
오늘의 부강한 한국으로 견인했음을
퇴역한
화랑대역 역사와 증기 기관차가
온몸으로 대변하는

한 시대의
증인이 여기에 자다

등산화

때가 되면
떠나야 하는 게 태어난 자의 고통이었다

60킬로 무게의 고통을 불평도 없이 떠메고
칼바위 모래자갈밭의 산과 강을
거침없이 누비며 즐기던 친구가
이제는 팥알만 한 모래들의 등쌀에도 떠밀리고
중심을 잡지 못하는 처지다

한때는
울룩불룩하게 나온 근육질 몸통을 자랑했는데
그동안 얼마나 혹사했는지
대패로 고른 듯 반듯하고 매끄럽게 변해서
맛있게 씹던 치아의
그 역할을 잊어버린 잇몸이 되었다

거친 세상에는
억센 손발이 제격인데
밀어주고 이끌어 주던 친구였고 한동안

힘자랑을 잘도 했는데

이제는 그 정이 몸에 배여서
떠나보내야 하는 아픔이 상처가 된 친구

가장 낮은 곳에서
자신을 낮추며 온몸으로 일하던 추억을 뒤로한 채
언제까지도
힘과 자리에 연연하는 어느 인간들보다
미련 없이 물러날 때를 아는
그 마음 하나로

해마다 봄이 되면
물을 타고 오르는 잉어의 지혜는

처음부터
사양했나 보다

승부욕

습관은
무거운 바위다
마음과 몸이 싸움을 건다

오후 4시에 먹었더니
밤 10시에
몸이 비었다고 호출이다

토마토
그 위에 야쿠르트로 목욕
그리고는

당신은
과체중이란 의식에
아직도 정리하지 못한 내 의지력의
작은 실험

마음을
평정하기 위한 인내忍耐는

오늘도 전쟁

그래도
수요를
마감한다

어떤 역할

그는 늘 배가 고프다
자판기가 토해낸 속살이 드러난 동그란 몸체

한 그루 나무에서 자신을 해체당하고
아프게 변신해서도 늘 그는 부여 받은 역할을
빈틈없이 수행한다

그는 언제나 정직했다
이윤이란 말도 모르고 더도 덜도 없이 자신의 몸에
받은 만큼 그대로 전해주는

그는 언제나 친절하게 행동한다
때로는 따뜻하게
때로는 시원하게
무엇을 담아도
무엇을 원해도 한 번도 거절한 법이 없는

그는 봉사를 위해 태어났다
비록 한 번의 사랑으로

물러날 수밖에 없는 운명도 탓하지 않는다

마음이 넉넉한 종이컵
그는 분명
헌신의 매신저

우리 인생

내가
숨 쉬는 땅 대한민국
아침저녁 눈 맞추고 살아가다 보면
서로가 이웃사촌
모두가 하나

한 번뿐인 우리의 삶
백년도 못 되는 짧은 한 평생
열심히 가꾸고 돌아보니
어느덧 가을

한 생을 살아온
평범한 얼굴 계급장
힘들고 아쉬운 일이 어찌
가슴에 쌓이지 않을 수 있겠는가

이제
내 안의 근심 걱정
모두 강물에 실어 보내고

어두움을 몰아낸
아침 햇살처럼 오늘도 웃으며
서로 이해하면서
둥글게
둥글게

살아갈 일이다.

직업 윤리

내가 존재하고 있어야
세상도 있는 것이라고 하는데
여기 내 이웃, 국민의 건강을 위한
직업에 충실하다가
자신의 목숨까지 바쳐가며 헌신한
가없는 희생이 있다

보이지 않는 거대한 힘과
싸우고 또 싸우다 결국 절명한 어느 의사

어려운 환경에서 밤낮없이 밀려오고
밀려오는 환자들을 치료하다 자신이 감염으로
숨을 거둔
안타까운 사연이 잠시 언론에 비추다

이내 지워진다

사랑하던 가족과
그를 염려하고 안타깝게 바라보던

수많은 눈 있는데
이 황망한 현실을 어떻게 할 거나
어떻게 할 거나

중국에서 건너온 핵폭탄
우한 폐렴 코로나 바이러스19
전 국민들과 온 세계를 전쟁에 몰아넣은 전선의
최 일선에서 사투하다 자신을 희생당한
소중한 한 목숨

간 사람은 말이 없지만
역부족이었던 환경에도 오직 인류애로
한 사람이라도 더
치료하려고 헌신하다 희생된 그에게
떠올려 보는 이 나라에
내가 없는

직업에 대한 윤리란
과연 무엇일까

폐광촌

강원도 정선의 장산으로 가는 길목

문도 마루도 걸어 나간 벽돌집
사택 지붕엔 잡초가 또다시 집을 짓고 있는
텅 비어 버린 광산촌에
알알이 영글어 터질 듯한 산딸기가
인적 끊어진 길을 막고 있다

한때는
지하 깊은 갱도에서 땀으로 목욕하며
탄가루에 생명을 담보하던 시절
고향의 민둥산을 녹화하고
추운 겨울 연탄 한 장으로
따뜻한 방에
배고픔을 달래 주는 밥과 국을 지어 주던
그 검은 추억을 캐 올리던

그곳에서
떡잎 같은 아이도 가꾸고

가족 위해서 온몸 부서지는 줄도 모르며
꿈을 키워 왔는데

지금은
검정색 강물을 그리던 아이들의
웃음소리도
늘어지게 자던 삽살개들의 짖음도 사라지고

시간을 살찌게 먹고 온
자작나무 숲들이 자라고 자라나
조금씩 저린 흔적을 지우는 곳

맑은 물이 여울져 흐르는 계곡에
발을 담군 햇살이
지나가는 바람을 불러서 다정한 친구처럼
지난 꿈을 이야기 하면서

기억을 먹고 있는
우리 강산

페트 물병

한여름
산행 중의 물 한 병은
절실한 생명수

도봉산 신선대에서
내 허리에 잠자듯 업혀 있던 그가
갑자기 장난치듯
아래로 미끄러지듯 데굴데굴 굴러서
달아났다

갈증의 습격을
참고 참다가 물 한 모금으로 달래고
외부 배낭 주머니에 넣었는데
글쎄
주인의 짓눌러진 어깨를 가볍게 한다면서
아래로 도망치는데
다행하게도 언덕에서 눈치를 보며
멈추었던 거지

간신히 그를
다시 챙겨 품안으로 불러들이긴 했지만
하마터면 나까지 떨어질 뻔했지

장난도 심하면
과욕이 되고

남을 배려한다는 게
오히려
손해를 줄 수도 있다는 사실을 그도

알아야 하는데

풍경

오늘의 역할을 접으려
하늘을 덮는 광휘光輝의 무늬들이
흔적도 없이 녹아져가는 모습이

산골의 비탈 무논을 갈아엎는
농우農牛의
말없이 끔뻑이는 큰 눈에도 투영 된다

하루 종일
농부와 함께 힘든 일을 마치고
집으로 가는
길 위로
길게 늘어진 두 그림자에 감겨지는
눈망울은
간절한 휴식의 발화점

평상에서
저녁 밥상을 받은 농부가
외양간의 쇠죽을 먹는 농우를 바라보는

측은지심에
농우도 농부를 쳐다보는
따스한 가족의
마음속으로 들어간

빛의
긴 여운餘韻

자석磁石

어떤 마음의 끌림은
세상에 나를 있게 하는 힘

어두운 방에
스위치를 올리면 요철의 조합으로
전등이 전율하고

좁은 바위틈
앙증스런 양지꽃이 봉오리를 연 것은
결실을 위한 것

잉어도 오월이 오면
양재천 물을 거슬러 올라서 사랑의
유희를 펼치고

한 편의 시詩도
이해와
사랑의
뜨거운 가슴으로 쓰는 것

연민과
연모는
모든 생명의 자석磁石

제3부

새도 나를 가르친다

대둔산 상고대

백색정토白色淨土
어쩌면 저리도 세상에 다시는 없는 순백의
꿈을 표현했을까

날렵한 학의 날개로 한 번에 찍어낸
도끼, 부벽준의 멋진 솜씨로 그린 순백의 사슴 한 마리
하늘을 올려다보는
티 없이 맑은 여인의 긴 머리를 참빗으로 그려내고도
오히려 담담한 저 순수의 극치
나무들과 바위에
자신의 섬세한 마음을 아낌없이 연출한
공연公演 판타지

온 산을 백색의 조화로
신선이 창작한 단 하나뿐인 예술품

낙조대와 마천대가
그들의 세계로
한 발 한 발 땀 흘려 정상에 오른 이에게

비로소 보여준
선경仙境의 미학

여기는
망아忘我의
문門

관음암

도봉산 칼바위 아래
쉽게 접근을 허락하지 않는 곳

땀으로
마당바위도 오르고 철쭉꽃도 지나서
육체가 지칠 때쯤
접근 허용하는 곳이지만
윤사월 초파일에는
비좁은 암자에 부처님의 신자로
가득하다

평소에는 길이 멀어서
찾지도 않던
홀로 고적한 암자였는데
삼십 년 넘게 다닌 팔순의 보살님들
젊어서는
다리 힘으로 다녔지만
이제는 신심의 힘으로 다니는 그들

나이도 버리고
몸무게도 버리고
마음의 무게까지 버려서
당도한 염원

극락보전
연등에 불 밝히고
허리 굽혀 엎드린 마음
일신보다
자손들의 안녕을 기원하는 모습
삶의 나이테를 적립한

그들이 부처인 것을

숙성

시간은 생명들을
저마다의 모습으로 물들게 하는 것

하늘과 마주한 아름드리나무들
열심히 일을 하면서도
가을 축제를 위해 형형색색 옷을 입었다

온 천지가 불 타는 듯
자신들의 개성 제대로 표현했네

철이 들기 위해선
한여름의 타는 갈증도 맛보고
날아갈 듯한 태풍에 흔들리는
울음도 맛보아야 하는 법

아름다움은 분명하고
다양한 색깔에서 나오는 것이지

추억이 두꺼워질수록

계층이 다양할수록
세상은 더 조화로운 것

여기 가칠봉이 품어 안은
명물 삼봉약수
강한 개성을 가진 톡 쏘는 맛

내면의 충만한 기운을
비우고 또 비워서
한 모금의 물도 아낌없이 나누는
자연의 넉넉함

이 청명한 가을 하늘에
살아오면서 쌓은 무겁던 짐
내 미련도 내던지고

선명한
단풍이 되어야 하리

문수산성

눈발이 흩뿌리는
햇살도 얼어붙은 아침

비바람에 주눅이 든 시간은
쌓여진 성벽 돌도 제멋대로 방임하고
나그네의 발걸음도 더디게 만든다

문수산성 장대가
몽고항쟁의 터전인 강화를 바라보면서
병인양요의 아픈 흔적을 되씹고 서서
푸른 강물 너머
북한 땅을 말없이 응시한다

한강과 임진강은
몸을 합쳐 흐르는데

이곳 산하는 지금
6·25 그 삼 년 전쟁의 흐느낌도
가슴에 묻고

눈앞에 엎드려 있는
북녘 땅 산과 들을 사이
접근을 거부하는 강물과 철책에다

흐르는 강물에는
오가는 배 한 척 없이
창과 방패의 긴장된 눈만 가득하다

같은 땅이
강으로 갈라져 오갈 수 없는 70년
북녘을 바라보는 안타까운 실향민들
그 가슴에 박힌 대못이
한겨울 추위보다 더

아픈 땅

불성佛性

하늘과 닿은 바위가 그려낸
명품 수묵화의 주인 월출산 아래
햇살과 산죽과 바람만이 친구인 절간

정오의 공양시간도 아닌데
돌계단 위 법당에 모셔진 삼존불에
독경하던 스님은 어디로 가셨는지
법당 문만 활짝 열려 있고

탑 아래
졸고 있던 호랑무늬 개 한 마리
낯선 방문객에 경계심은커녕
온몸을 누이며 지성으로 반기는 게
속세俗世의 도반道伴을 불법佛法으로 인도하는
스님의 현신이네

누운 고요를 일깨우는
풍경소리
샘솟아 흐르는 물소리까지 담겨진

불성을
천황사의 개도 아는데
아둔한 나만
왜 몰랐을까

모든 게
비어 있는 시공에
누구에게나 차별 없이 대하는
그 순수의

청량함이여

산정호수

갈잎 냄새가 흐르는 늦가을 오후의 한낮
시리도록 푸른 물에
산들이 들어와 좌선을 하는데
어디서 흐느끼는 느낌에 주위를 돌아보니
말을 탄 궁예의 동상이 물속에 어리어 있네

철원평야 발판삼아 한 세상을 펼친
건국의 역사가
잠시 잠깐 사이 벼락 치며 무너지는 소리에
침묵하던 바위산도 화들짝
놀라서 울었네

누운 풀의 마음을
헤아리지 못해서
옥좌에서 밀려난 회한에 서린
참회의 눈물이
철철 넘치게 쌓인 산정호수

무심하게 노니는 잉어들을 두고

하얗게 부서지는 폭포의 여운이
길게 드리우지만

호수를 찾는 객들은
주변 정취에 취해
하루를 즐기고 사랑하면 그뿐

오늘도
저무는 시간은
어둠에 깔리는 대지의 슬픔으로

호수에
드리우네

석굴암

토함산의 양지바른 석굴
잘 다듬은 돌에
부처님이 현신해 계시네

묵언 수행하시며
깨달음을 얻기까지
온몸이 잘라지고 파내어지는 모진 고통에도
모든 걸 내려 놓으셨지

시공時空에 초연하며
생멸生滅이 없는 천상天上의 미소에
자비심慈悲心 가득 굽어 살피시는 모습
세상의 언어로는
그려내기가 난망難望하고

동해의 일출에
은은하게 발산되는 부드러운 광채 진정
신비스러운
이 땅

천년 불국토佛國土

신라의 혼魂일세.

새도 나를 가르친다

산 위에 머무르던
어느 영혼이
나무 사이로 세상을 내려다보고 있다

작은 과일 하나를 아래로 던졌더니
순식간에 낚아채서 나무에 올려놓는다

무한천공에서
기가 막히도록 날랜 까마귀의
저 솜씨

얼마나 노력했으면 떨어지는 물건도
벼락이 치듯 잡을 수 있을까

험한 세상 살아가려면
이 정도의 노련함은 있어야지 하고
가르쳐 주는데

하늘을 자유롭게 나는 새

전생은 무엇으로 살았을까

사람으로 태어난
자유로운 영혼이 상상력의 무게를
저울에 달아 본다

이발

내 어린 시절
초중고생 머리는 박박 깎은 민둥산이었고
내가 살던 주변의 산도 나무가 없는
민둥산이었지

지금은
풍요로움이 차고 넘치는 세상

생명이 살아남기 위해 필수적인 물도
가득 차면 버려지고
쓰고 남은 부산물이 쓰레기로 몸살을 앓은 지구는
사람들이
신음하는 전염병에
사회적 거리두기를 강권하는 코로나 시대다

오늘
발길 뜸한 거리의
모처럼 기운 차린 이발관에서
잘 자란 머리칼이

취향에 따라
가위질 한 번에 싹둑 잘려나간다

쓸모없이 버려지는
머리카락 한 줌에서 발견한
지난 시절의 추억

먹을 것도
자연자원도 결핍된
애옥살이 그 시대
오직 생존이 우선이던

민둥산의
아픈 기억들

일상의 행복

가려진 병원 담장과
내일을 알 수 없는 요양원 안의 풍경에도 불구하고 이
땅에는
어김없이 봄이 방문했지요

어제까지는
바람이 봄을 시샘하여 막 피어난 꽃들을 괴롭히더니
오늘은 구름 한 점 없는 하늘에
지상으로 내려온 태양이 넉넉하게 미소 짓는 날씨입니다
우리의 일상에서 아직은
돈이 없어도
마음껏 소유할 수 있는 공기에
욕심 없이 비워내는 계곡 물의 연주를 들으며
지천으로 내어민 봄꽃의 향기
산과 강 그리고 바다
어디든 마음만 먹으면 어느 곳이나 갈 수 있는 기회
걷다가 쉬면서
땅을 밀고 올라온 여린 새싹들의 귀여움을 보는
소소한 즐거움이 녹아 흐르는 세상

어둠 속에
별이 되어 빛나는 친구도 있지만
가까이 있어서
만나고 때로는
아련히 바라볼 수도 있고
곁에 있어서
정을 나누며 서로 아끼고 응원할 수도 있는 기회
멀리 있어도 언제나 그리워지는 마음이 감도는
이런 기회를
오래도록 간직하고 싶은

물질이 지배하는 시대에도
아직 세상에는
공짜로 마시고 공짜로 보고
공짜로 즐길 수 있다는 게 감사하지 않고
당연시 되는
이런 것

쥐들의 세상

올해는
다산과 풍요의 상징인 경자년의 해

70년대 초 오래된 단독주택의 자취방
종이로 된 천정은
젊음이 넘쳐난 쥐들의 전용 운동장이었고
지구를 흔든
그들만의 천국이었지

우당탕탕!!!
운동회엔 트럼펫에다 북과 꽹과리도 동원된
연주 실력도 놀라웠고
한번 시작된 연주는 스스로 도취되어
짜릿한 전율에다 왕성한 스테미너에 혀를 내둘렀지

아름다운 음악도
오래 먹으면 포만감을 호소하는 법

한밤의 소란엔 인내도 절벽을 부르지

뾰족한 바늘 12개를 이리저리 설치했더니 갑자기
나타난 장애물에 무척 놀라긴 했는데 그것도 잠시뿐
또다시 우당탕 불협화음의 연주

몇 번의 시도에도
쬐돌이들 학습효과로 별무소용이었다
어쩔 것인가
정이 들어도 싫으면 헤어져야 하는 것

두 손 들고 생각한
영악한 그들이 가르쳐 준 지혜

근면은
삶의 근원이라는 것

하늘재

없는 길은 개척해야 하고
역사는 최초로
시행하는 자에 의해 기록 되는 법

백두대간으로 단절된 지역인
영남과 중원에
신라 아달라왕이 처음으로 길을 열어
얼굴을 마주하고 형제처럼
부둥켜안은 곳

문경 오미자와
마의태자의 전설이 서린
충주 미륵사의 사과도 고개를 사이에 두고
봄부터 가을까지 함께 길을 걸어온
이웃사촌四寸들

산속에서
상쾌한 기운 한아름 안고
여유로운 마음의 터전을 이루고 살아가는

사람들과
푸른 노송들이 어우러진 계곡
여울과 폭포를 거슬러 오르는
충주호 대붕들

여기
터전으로 삼아
자신의 길을 열다

제4부

물도 때론 화를 낸다

집 생각

한겨울 밤 새벽 두 시
귓전을 베일 듯 스치는 바람에
한 병사가
휴전선 철책선을 지키고 있네

별들은 총총한데
사위가 적막으로 장막을 드리우고

칼 같은 달이
가슴에 얼음을 채우네

일 분 일 초가
하루 같은 마음이지만 내가
지켜내야 할 이곳
구우일모의 작은 힘을 더하는데

고향에서 온
편지 한 장에도 뭉클하고
생각만 해도

따뜻한 정이 그리운 곳

임무 끝나고
돌아갈 희망의 공간
나의 꿈
내 가족이 머무는

양지바른
누옥

가슴에 심은 봄

짙어가는 봄기운에
골아실의 버들치들 제 세상인 듯
떼를 지어 놀고

430년의 회화나무는
힘든 세월을 견딘 상처로 깊게 패인 가슴에
무슨 회한을 담아서인지 남들이
다 피워 올린 잎을 이제야 내어미는데

회룡사 종각
목어에 앉은 새들의 속삭임이
청량한 바람을 불러 모으고
숲들을
피아노 건반의 연주처럼 어루만지는 정경에
산철쭉과
젊은 병꽃이 몰래 연분홍 웃음 지으니

온 누리에
자비로운 마음이

연등 꽃으로 밝히는 게 아닌가 싶다

회룡사로 향하는 이 길은
태조 이성계가 600년 왕업을 위해 오르던 길

절 아래 폭포수는
그때나 지금도 쉬지 않고 흘러 내려
제 갈 길을 가고

나는 오늘
숲속 한 그루 나무처럼
가슴에
봄을 심기 위해
이 길을 오른다

김밥천국

햇살이 봄을 연둣빛으로 채색하고
집에 있는 나를 끌어내어
숲으로 산으로 유혹한다

산 정상에 서니 철쭉이
정오가 지난 시간을 울리고
배낭이 얼굴을 내민
종합 선물 세트

땅의 정기를 뽑아 올린
우엉 뿌리에다
당근과 시금치 단무지가 동참하면서
쌀밥에 계란에다
바닷물에 덩치를 키운 해조류가
소리 없이 달려와 멍석말이
한 줄 김밥

농부의 땀
만든 이의 정성이 모인 식단에

한입 가득 풍겨오는
미각의 만족

햇살과 함께 나눈
포만감에
어린 봄의 향기로운 풍경이
바짝 다가와 앉는다

자연이 그린 솜씨에
근심도 걱정도 날려 보낸
지금 이 시간
여기가 바로

삶의 축복인 것을

물도 때론 화를 낸다

언제부턴가
따뜻한 차 한 잔은 빈 공간을 채워주는
더 없는 친구다

커피포트에 일을 시켰다
생수에다 생강과 생마늘 대추까지 주고
일을 조금 시켰더니 뜨겁게 뜨겁게 쌍수로 환영했다
거기에다 다시
다진 마늘을 먹였더니 고분고분하던 그가 성질을 내며
돌변했다
난데없이 거품을 물고 탈출해서
온 방을 점령한
이런 행패가 따로 없다

이유를 물었다
체면에 으깨진 부스러기와 같은
격식에 맞지 않는
부당한 대우는 정말 싫다고

나도 그랬다
비가 내리는 날
달리던 자동차가 빗물을 튕겨서
더러워진 옷으로
마음이 끓어오를 때가 있다

그렇지만
언제나 맑던 그가
정말 그럴 줄은 몰랐다

봄의 상처

산속에
봄이 느릿느릿 걸어왔다

하나같이 여리면서
티 없이 순수한 얼굴
재잘거리며
웃기도 하는
깜찍한 행동이
귀엽고 신기한 저마다의 모습들

온 겨울 전신을 벗고 있던 몸이
잠에서 깨어난 여성처럼
부끄러워
연녹색 옷을 지어 입으려 하고 있는데

가냘픈 모습에다
청순한 향기에 매혹된 인간들이
한 점 남김없이
모조리 낚아채는데

그들에겐 봄이
봄이 아닌
수난의 계절이다

살아남기 위해
온 겨울 눈치 보며 몸살을 앓다가
겨우 깨어난 정성도
무시된 운명

마음의 사랑도
지나치면 병이 되는 법인데
몸까지 망가지는
두릅나무들

힘겨운 봄을 타고 있다

여행은

언제나 무사하게 편안한 집으로
귀향하기 위해 가는 것

어느 날 갑자기
다른 세상이 보고 싶어질 때
떠나는 날은
기대와 희망으로 가득한
가슴을
울렁이게 하리

바다와 계곡과 숲
드넓은 평원이 전개된
자연의 어우러진 조화에 경탄하고

높은 산
정상의 그 자리
멀리 볼 수 있는 조망에 최고의 기분은
감탄사 연발이지

꿈의 시간 흐르고
한없이 머무를 것 같던 생각도
한곳에 오래 머물면
누구나 감각은 무디어지고 식상해 하지

저무는 태양의
그림자
밤의 호수에 잠긴
달의 정취에
이름 모를 풀벌레 소리도
마음의 선율을 울리곤 하지만

여행이
기억을 담아주는 것은
따스한 정이
그곳에 있기 때문이지

이름에 관한 생각

이 땅의 산야에서
꿋꿋하게 살아가는 개복숭아 나무

자신의 이름을 지어 달라고 한 적도 없는데
사람들은 그렇게 불렀다

못 생기고
맛이 없다고 지어진 이름
개살구
개두릅
개옻나무 개똥쑥 개망초

봄이 오면
그들은 자신의 아픈 살을 헤집고
꽃과 잎을 내밀어
이웃들과 정을 나누며 환하게 웃었다

좋은 이름 부르기엔 인색한
사람들이 몸에 좋다면

닥치는 대로 훑고 뜯어가도
가진 것 모두 아낌없이 내어주는 정인들 같이
주어진 운명에
자신의 터전을 지키기 위한 의연한 처신

외진 시선에도 자신들의 역할에 충실한
이 땅의 이름 없는 민생들을 닮은

소리 없는
어울림

추억 한 점

도심 대학가
평온한 호수 주변 의자에 앉아 미소 짓는
맑은 눈의 얼굴들

불어오는 바람에
나뭇잎 같이 일렁이는 사랑의 마음으로
취한 듯 속삭이며 바라보는 눈길에
꽃이 피는데

물 위에는
크기와 색깔도 다른 거위와 오리가 한 쌍의
부부 같이 유영을 하고 있다

서로가
짝을 잃은 외로움이 안겨준
지극한 사랑의 치유장 같은 분위기다

따뜻했지만
보내야만 했던 눈동자

가을로 떠난 오후의 햇살이
지난 시절 여기에서
못 이룬 인연의 추억을 반추하게 한다

온몸으로 쓴 삶의 이력서와
끝내 전하지 못한 사연은 가슴에
묻어 두고

그래도 남은 설레임 그 하나는
고요한 이곳에 오래도록 머물러
두고 싶은

불협화음

감추었던 소리가 전면에 나타났다
겨울동안 인고하던 목련이 한껏
제 모습을 자랑하는 봄에
탱크 몇 대가 지나갔다가 되돌아오기를
수없이 반복하는 소리
쿵쿵쿵쿵 드르륵 드르르륵 드르르륵
타타타타 코아쾅 쾅쾅 타앙탕 타앙탕
몇 층 위의 이웃이 쉴 새 없이 우는 소리다

좋은 환경에서 살기 위하여
오래된 집을 한 달 동안 갈고 다듬고
다시 고치는 수리를 한다는데
반대할 명분이 없어
동의를 해 주었지만
한낮 현장은 소음의 경연장 그 자체였다

부수고 갈고
벽면을 타고 울리는 소리
애초에 질서나 조화 따위는 없었다

평안은
소음과 굉음의 난산이 있어야 탄생한다는 듯
집안에서 쉴 수 있는
자유로운 영혼을 허락하지 않았다

집에서 쫓겨나도
참아야 하느니라

봄을 준비하는 나무도
가지마다 새순을 내밀기 위해서는
자신의 살갗을 찢어야 하듯
이웃과 함께 잘 살기 위한 방법은
오직 참고
또 참아야 얻을 수 있는

이 봄의 고통이었다

변신의 즐거움

쌀이 술로 발효하려면
자신의 형상을 죽여야 하듯

온몸이 새로운 모습으로
변신해야 탄생할 수 있는
타고난 운명

소박한 산골 강원도 밥상 차림에
모락모락 김을 날리며
다소곳하게 다가와 앉는

매끄럽고 부드러운 몸매로
몰라보게 달라진
그녀가
나에게 안기는 꿈의 감칠맛

감자 옹심이

제5부

산으로 오라

소주 한 잔

친구여!
세상이 그대에게 몽니 부려도
추하다고
한숨짓지는 말게

살다 보면
맑은 하늘에서
갑자기 먹구름에 소나기 올 때도 있고
하지도 않은 일에
억울한 덤터기 쓸 때도 있고
정의라는 말도
분간도 없이 뛰는 말로 둔갑하는
그런 세상도
있는 게 아닌가

누구는
병원 침상에 기약 없이 누워
걷지도 못하는 안타까운 마음을 보면서
그래도 아침에 산책할 수 있는

오늘이라는 하루는 더 없이 감사한 일이지

마음먹기에 따라
눈을 감고도
마음을 어루만지는 음악의 위안
자신을 유혹하는 꽃의 향기와
신비로운 새싹의 감촉 등
오감으로 즐길 수 있는 행복이 널린 게 세상이지

더구나
주머니에 가진 건 없어도
나를 따뜻하게
기다려 주는

그대와 나
친구로 만나
소주 한 잔에 마음 나눌 수 있는 여유
그게 사는 맛
아닐지

가을의 편린

어두움이
내리 깔리는 월드컵호수공원

코스모스가
지천으로 웃고 있는 주변에
저녁의 여린 적막을 녹여내고 있는
빈 의자

주인 없는 가로등 아래
서 있는 나무들 사이 실 같은 빛이
내리고

빗방울이
나뭇잎 하나 물어와 바람에도
굴하지 않던 호수에 얕은
파문을 일으키는데

뒤돌아보니
고운 햇살이 남기고 간

빈 공간에

가을이 지어낸 토실한
알밤 하나

내 마음 함께
담아 간다

도락산

도를 깨달음에는 길이 있어야 하고
그 길에는 즐거움이 있어야 한다는 곳

한 발 한 발 산을 오르는 길이
고통을 넘어서
희열을 동반하는 노자의 섭생

살아 있음에
죽어서도 서 있는 나무들 사이로 넘나드는
산의 정기精氣에다
겹겹이 다가오는 산들의 조아림이
거대한 파도를 몰고 오는 곳

흙 한 점 없는 바위에
터를 잡고 살아도
이승의 삶이 즐거운 늘 푸른 나무도 만나고
높은 절벽 바위
고인 물에
올챙이를 기르는

두꺼비의 지혜도 볼 수 있는
여유를 주는 산

언제나 변하지 않은 이름
삶의 은유로 탈바꿈하여
무념무상의 공간을 선물하는 곳

그곳은
인간의 이해타산이란
조잡한 짐을
내려놓는 법을 터득하게 하는

인생길의 스승

바람의 길

선조들이 땀으로 쌓은 돌들이
지난 시간을 먹고 있는 금정산

산성 양지 쪽에
제철을 맞은 감국의 노오란 꽃잎들
동트는 하루의
창문을 열면
산성 옆으로
철 잊은 진달래가 홍조 띤 눈웃음으로
손짓을 하고

하늘을 담아낸
금샘[金井]의 물에
시월의 하현달이 떠 있는데
금빛 물고기 전설이 어린
범어사와
뭇 생명들이 함께 살아갈 수 있도록
품어준 이 땅의
넉넉한 정성에 기대어 살면서

여기
자연에 한 점
기여한 바 없이 보낸
나 자신을 찾아서
떠나온 시간

저 아래
잠에서 깨어난 부산 시가지
역동의 기지개를 켜는데

윤슬의 낙동강 강물에
오늘
내 마음의 티끌 흘려보내고

비밀 이야기

별빛 헤는 밤의 낭만적인 이름
달바위봉에
정월 대보름의 감흥적인 모습 기대했는데

우뚝 솟은 두 개의 형제 바위 사이
멋지게 어우러진 휘영청 밝은 풍경 대신에
미리 내린 진눈깨비에 잔뜩 찌푸린 모습

속살을 드러내기 싫어서일까

퉁명스럽고 투박한 거대한 몸은
단단한 육질 근육을 자랑삼아 시험하려는 듯
밧줄과 사다리에 낭떠러지로
덫을 놓으면서도
아무 일 없다는 듯 태연자약하고

한 치 앞도 모르는
중생의 미래처럼
농부들의 석이버섯 채취도 목숨을 담보해야 했던

전설이
세월의 깊이를 더한 곳

좁고 가파른 하늘 길을 인도하면서도
정신줄은 놓지 말라는
무언의 경고에 백설이 내린 날 멋모르고 다녀온
스릴의 훈련장

몸소 부딪히고 얼굴 붉혔던 그 모습도
멀리서 보면
한없이 다정한 얼굴의 소유자

뒤돌아보면
지나온
우리네 삶의 모습인 것을

산울림

봄바람이 불러서
신선대에 갔다가 능선을 휘돌아 지상으로
내려오는데

진달래가 파안대소하는 능선 사이
물길이 끊어진 웅덩이에
삶을 마련한 버들치들 제 세상인 듯 걱정 없이
이리저리 노닐고

봄 햇살이
장독대에 놀러와 앉아 있는
회룡사에
여승의 은은한 염불송이 청기와 전각 따라
낮게 흐르는데

가끔 찾아온 바람이 치고 달아난
풍경 소리가
지나가는 나그네의 발걸음을 멈추게 한다

세상은 지금
보이지도 않은 우한 폐렴으로 갓 태어난 아기부터
피어보지도 못한 17세 소년과 노인에 이르기까지
생명을 잃거나
몸도 마음도 지치게 하고 있는 때

산속의 풍경은
이리도 잠에 취한 듯 물정을 모르고
한가로운 얼굴

종소리에 흔들리던 산울림이
회룡폭포의 파뿌리 같이 갈라지는
물속을 보며
여기가 천국이라 하네

산으로 오라

언제부터인가
마음이
마음이
자리 잡지 못할 갈등이 일어날 때는
주저 없이 산으로 오라

산골
물소리에 취하고

꽃과
나무들 속삭임에

한 발 한 발
힘들게 오르다 보면

어느새
뭉쳤던 그를 녹일 수 있으리

번민도

갈증도
껍질을 벗기 위한 아픔의 과정

정상에 서면
내 마음 모두
푸른 하늘처럼 빈 공간이 되는 것을

산의 향기

산을 오르는 것은 자연에서
사랑과 자비의 마음을 배우는 기회

마음이 육신을 이끌고 가는데

큰 바위가 작은 바위를 업고 있는 모습이
아기를 업은 엄마처럼 포근하고

단단하고 매운 살결이
보드랍게 갈라지는 아픔을 참고
늘 푸른 소나무를
사시사철 보살피고 길러내는 바위의
지극한 희생을 보면
자신의
고요한 내면을 성찰하면서 이루어내는
무언의 사랑임을 느끼지

산은
오르다 힘들면 쉬어가게 하고 늘어지면

기운을 북돋아 주는 넉넉한 인품의 소유자
무거운 짐은
비워야 오르기 쉬워지고
몇 단계는 한 번에 뛰어넘을 수 없다는
정직한 가르침을 주는 곳

산
그곳은 생명을 기르고 마음을 가꾸는
청정한 안식처

여정旅程

산을 오르는 것은
지구를 딛고 오르는 것이다

유한한 생명으로
땅을 터전으로 삼고 있는 생명체 중
높은 곳을 오를 수 있는 동식물은 많지만
오직 사람만이
두 다리로 서서 오르내릴 수 있는 건
어쩌면 선택된 운명이리

한 평생의 여정旅程에서
힘들면 세상 한 번 내려다보며
쉬어서 가고

정상을 향한
굴곡과 희망이 교차하는 수고로움은
차라리 희열의 고통

고비 고비를 넘나드는

여기에
우리의 삶이
구비 돌아 넘어 오르내리는 한계령처럼
길게
펼쳐지고 있나니

산山은

산은 악기다
온 겨울 자신이 모았던 진액을 쏟아내면서
봄을 연주한다
돌에 부딪치고 갈라져도 웃는 소리들
악기들이 그려낼 수 없는 독특한 악성의 소유자

산은 화가다
봄 여름 가을 겨울 제자리에 앉아서
줄기차게 그려내는 그림들
진달래, 산자고, 홀아비바람꽃, 동자꽃도 연출하고
초롱꽃, 구절초에 멋진 단풍과
소나무 바위에 앉은 겨울 설경도 담아내는

산은 어머니다
자신의 품에 안긴 온갖 생명들을 모성애로 기른다
가재와 버들치 다람쥐도 기르고 산까치 들꿩은 물론
잔대와 더덕 도라지 산딸기까지 욕심 없이 젖을 베푼다

산은 강인한 스승이다

정상으로 오르려는 자 누구나 허락하지만
자신의 힘으로
한 발 한 발 끊임없이 도전할 것을 주문한다

산은 군자다
나무들이 쓰다 버린 낙엽들이 부서지고
이러 저리 장난질해서 지저분해도 절대로
찡그리는 법이 없는

산은 친구다
계곡을 적시는 물도 아름드리나무들도
듬직한 바위도
언제든지 찾아가도 말없이 반겨준다
이심전심의 친구

언제나
건강과 안식을 아낌없이 보시하는
그가 있어서 마음 놓고
달려가 보는

산시山詩와 방하착放下着의 시학

유한근

1. 자연 · 생명 그리고 자아성찰

진솔하게 토로컨대, 김재근 시인을 잘 알고 있는 나는 그의 세 번째 시집《문사동問師洞 가는 길》을 읽으면서 기대한 바가 있었다. 그것을 김재근 시인은 '시인의 말'에서 선명하게 대신 토로해 줬다. '생명의 소리', '자연의 느낌', '내면의 작은 소리'라는 키워드이다. 여기에서 자연의 느낌은 자연친화 상상력을 통한 자연을 노래한 시 혹은 산山을 모티프로 한 시를 의미할 것이고, 내면의 작은 소리와 생명의 소리는 자아성찰의 시 혹은 불교적 상상력을 통한 시에 생명 불어넣기의 시가 될 것이기 때문이다.

이런 점에서 김재근 시인의 개인적 모티프는 분명해졌다고 할 수 있을 것이다. 필자는 그의 첫 시집《형태소》와 두 번째 시집《삶의 의미》를 일별하면서 그의 시세계가 어떻게 확장되어 나가는가를 지켜보았다. 뿐만 아니라 어느 방향으로 나가는 것이 바람직한가에 대해서도 조언한 바 있다. 이에 대한 방향 설정의 결과물이 세 번째 시집인《문사동問師洞 가는 길》이다.

표제시〈문사동 가는 길〉의 문사동問師洞은 도봉서원 앞 계곡의 이름이다.《한국향토문화전자대전》에 의하면 문사동은 '도봉서원의 스승과 제자들이 함께 자연을 즐기며 학문을 논하던 장소'를 의미한다. 그것을 이 표제시에서는 이렇게 쓴다. "그대 알고 있겠지/문사동問師洞 세 글자/스승을 받들어 모신 제자들의 이유를//언제였을까/흐르는 물은/바위 계곡에서 도포 자락 날리던 선비들이/가슴으로/시를 짓거나 산수화를 치던 옛 모습을/흔적도 없이 지웠다"며, "그래도 오늘은/저기 앉은 바위 글자 석 점과 같이/배움의 즐거움에/감사하며 살 일이"라고 서원에서 선비들이 스승을 모시고 학문을 논하며 산수의 경치를 즐기는 기쁨에 대한 시적 상상력을 통해 조선시대로 소급하여 선비들의 학문 흥취를 노래한다. 문사동問師洞이라는 세 글자가 내포하고 있는 언어 인식과 자연동화 상상력을 통해서 시간을 초월하여 옛 문사文士를 만난다. 이는 자연이 지니고 있는 힘에 대한 통찰력 때문에 가능한 일일 것이다. 이런 통찰력이 김재근 시를 가능하게 한다. 그런 맥락의 다른 시가〈자석磁石〉이다.

어떤 마음의 끌림은
세상에 나를 있게 하는 힘

어두운 방에
스위치를 올리면 요철의 조합으로
전등이 전율하고

좁은 바위틈
앙증스런 양지꽃이 봉오리를 연 것은
결실을 위한 것

잉어도 오월이 오면
양재천 물을 거슬러 올라서 사랑의
유희를 펼치고

한 편의 시詩도
이해와
사랑의
뜨거운 가슴으로 쓰는 것

연민과

연모는

모든 생명의 자석磁石

　　　　　　　　　　　—시 〈자석磁石〉 전문

위의 시에서 쇳조각을 끌어당기는 물질인 자석에 대한 인식의 시라기보다는 무엇인가를 끌어당기는 힘의 원리를 정신적인 자기현상으로 설정하여 모든 현상의 원인과 결과 그 인과를 그린 시이다. 첫 연에서 "세상에 나를 있게 하는 힘"은 "어떤 마음의 끌림" 때문이라는 것과 5, 6연의 "한 편의 시詩도/이해와/사랑의/뜨거운 가슴으로 쓰는 것//연민과/연모는/모든 생명의 자석磁石"이라는 인식은 불교의 인명 논리에서 인과관계를 논증하는 시이다. 특히 마지막 연에서의 생명에 대한 인식을 연민과 연모가 끌어당기는 힘 때문이라는 시적 인식은 주목된다. 그리고 2, 3연의 "좁은 바위틈/앙증스런 양지꽃이 봉오리를 연 것은/결실을 위한 것//잉어도 오월이 오면/양재천 물을 거슬러 올라서 사랑의/유희를 펼치"는, 시인의 '시인의 말'에서 언급한 "자연에서 체험한 느낌"을 "내면의 작은 소리"로 들려주는 시 구절이다. 이런 맥락의 시들은 그의 시에서는 쉽게 찾아볼 수 있다. 그 중 한 편이 〈산자고〉이다. 산자고山慈姑는 백합과의 여러해살이풀로 햇빛 잘 드는 것에서 흔히 볼 수 있는 식물이다.

겨울을 뚫었다
성냥개비 허리로 맨땅을 밀어 올렸다

여섯 가닥의 붓으로
봄 처녀의
순결한 영혼을 홀로 그린 전시회

한 뼘 길이의 부추 같은 잎
서너 가닥 사이로
겨울눈을 차용한 꽃에
개나리 빛 수술로 조화를 이룬 그녀가

바다를 밀어낸
장봉도
그 섬을 메고 서 있다.

—시 〈산자고〉 전문

　　시 〈산자고〉는 생명의 경외로움을 노래한 시이다. 1연의 성냥개비
같은 가는 허리로 겨울을 뚫고 맨땅을 들어 올리며 나오는 산자고의
질긴 생명력, 그것을 "봄 처녀의/순결한 영혼"으로 그린 이미지. 그

이미지의 생명력이 "바다를 밀어낸/장봉도/그 섬을 메고 서 있다"는 인식은 자연의 힘 혹은 생명의 힘이 얼마가 위대한가를 보여주는 것이다. 그리고 그 산자고를 "한 뼘 길이의 부추 같은 잎/서너 가닥 사이로/겨울눈을 차용한 꽃에/개나리 빛 수술로 조화를 이룬 그녀"로 미학적 상상력으로 인식한 시인의 힘을 보여준다. 물론 시인의 그 미학적 상상력은 산자고를 그린 한 폭의 그림으로 인식한다. "여섯 가닥의 붓으로/봄 처녀의 /순결한 영혼을 홀로 그린 전시회"라고 발상하게 되는데, 그 생명력을 이 시의 첫 연 "겨울을 뚫었다/성냥개비 허리로 맨땅을 밀어 올렸다"라는 예리한 감각적 이미지로 표현한다.

이와 같은 맥락의 다른 시는 〈여우꼬리의 변신〉이다. 이 시에서도 "살짝 모습을 보인/얼음 날씨에/햇살이 방긋 웃으며 거실로 걸어오네/날마다 쌀눈만큼 밀어 올리는/작은 생명체 하나/품고서//여리고 앙증스런 몸/자연이 그린 녹색 수채화"(1, 2연)에서처럼 추운 겨울 날씨에도 거실에서 싹을 띄우는 여우꼬리꽃의 새싹을 '녹색 수채화'로 표현한다. 그리고 그 "주홍의 보드라운 털 꼬리를 드리운/애완동물처럼 다가온/깜찍하고 애교가/가득 열린 여우꼬리 꽃"의 변신을 "여린 몸이 발산하는 /따스한 전율"로 생명력을 인식한다.

그러나 시 〈겨울 억새〉에서는 "따뜻한 소식 오기까지/인고忍苦의 시간을 온몸으로 기다리는//처연悽然한/삶의 뒷모습"(5, 6연)으로, 강한 생명력이 쇠한 존재로 인식한다. "한겨울 억센 바람이/쇠잔한 몸을 마구 흔들자 어깨를 부딪치며/힘없이 부르르 떨고 있는//이제는 하얗게 센 머리도 /벗겨진 채/한 생의 푸른 기운을 모두 소진한 삶의 터전에서/온몸이 쓰러질 듯 버티고 서서/서걱대고 있는 억새 무리들"(1, 2연)을 시인은 "젊은 시절의 진액을/모두 쏟아내어 온 정성으로 키워낸 분신들이/모두 날아간 빈 집/고향을 지키는 우리 부모의 마음들"로 인식하고, "좋은 터에/자리 잡으라는 당부와 함께/자신의 힘든 삶을 이어야 하는 걱정이 앞서/노쇠한 몸에/한 점 눈물도 말라 그냥 바라보기만 하는/이 겨울의 추위"(3, 4연)라고 겨울 억새를 노년의 삶으로 의인화하여 표현하고 있다. 겨울 억새를 시각적인 이미지로 "하얗게 센 머리"로 그리고, "모두 날아간 빈 집/고향을 지키는 우리 부모의 마음들"로 인식함으로써 강한 생명력을 환기해준다. 이는 우회적인 시인의 자아 성찰이기도 하다.

시 〈숙성〉에서는 단풍을 '숙성'이라는 인식을 바탕으로 "시간은 생명들을/저마다의 모습으로 물들게 하는 것" "온 천지가 불 타는 듯/자신들의 개성 제대로 표현"한 것으로, 그리고 "철이 들기 위해선/한여름의 타는 갈증도 맛보고/날아갈 듯한 태풍에 흔들리는/울음도 맛보아야 하는 법//아름다움은 분명하고/다양한 색깔에서 나오는 것"으로 인식하고, "내면의 충만한 기운을/비우고 또 비워서/한 모금의 물도 아낌없이 나누는/자연의 넉넉함"으로 인식하기도 한다. 그러나 김재근 시인은 단풍을 다른 국면에서 "이 청명한 가을 하늘에/살아오면서 쌓은 무겁던 짐/내 미련도 내던지고//선명한 /단풍이 되어야"(결말부분)한다는 마음속의 모든 집착을 내려놓아 마음을 텅 비우는 불교의 화두이기도 한 방하착放下着을 메시지로 하고 있는 것으로 보인다.

2. 산시山詩와 불성佛性

김재근 시인은 산을 좋아하는 산악인이기도 하다. 내가 알기로는, 건강을 회복하기 위해 시작된 등산이 이제는 등산동호회의 회장까지도 맡은 등산인이다. 이로 인해 그가 발표하고 있는 시나 수필에서는 산과 등산을 모티프로 하는 작품들이 보인다. 시 〈등산화〉가 그 하나이다.

시 〈등산화〉의 첫 행은 이렇게 시작된다. 등산화를 "때가 되면/떠나야 하는 게 태어난 자의 고통"이라고 말하면서 등산화의 운명적인 역할을 떠나기 위해 태어난 고통스러운 존재로 인식한다. "60킬로 무게의 고통을 불평도 없이 떠메고/칼바위 모래자갈밭의 산과 강을/거침없이 누비며 즐기던 친구"(2연)로, "한때는/울룩불룩하게 나온 근육질 몸통을 자랑했는데/그동안 얼마나 혹사했는지/대패로 고른 듯 반듯하고 매끄럽게 변해서/맛있게 씹던 치아의/그 역할을 잊어버린 잇몸이"된 존재로 등산화를 인식한다. 더 나아가 등산화를 김재근 시인은 "거친 세상에는/억센 손발이 제격인데/밀어주고 이끌어 주던 친구였고 한동안/힘자랑을 잘도 했는데//이제는 그 정이 몸에 배여서/떠나보내야 하는 아픔이 상처가 된 친구"로 표현하기도 한다. 그런 존재로부터 시인은 하나의 지혜를 배운다. "가장 낮은 곳에서/자신을 낮추며 온몸으로 일하던 추억을 뒤로한 채/언제까지도/힘과 자리에 연연하는 어느 인간들보다/미련 없이 물러날 때를 아는/그 마음 하나로//해마다 봄이 되면/물을 타고 오르는 잉어의 지혜는//처음부터/사양했나 보다"고. 여기에서 설명이 필요한 부분은 "잉어의 지혜"이다.

일반적으로 문학계에 입문하는 것을 우리는 등단이라 하고, 모든 예술가가 활동하기 위해서는 공모전에 응모해서 당선이 되어야 한다. 그 관문을 '등용문登龍門'이라고 한다. 이 말은 중국 전설을 기록한 《삼진기三秦記》에 나오는 이야기로, 황하 상류에 용문이라는 협곡이 있는데, 그 용문폭포를 올라 용이 되기 위해 수많은 잉어들이 모여 오르기를 시도한다는 것이다. 이 전설에서 잉어가 폭포를 거슬러 올라가 용이 되는 것을 '등용문'이라고 한다. 그렇다면 김재근 시의 〈등산화〉에서의 "잉어의 지혜"는 등용문과 관련이 있다. 잉어에서 용으로 변신하는 지혜를 의미하는데, 등산화는 그것을 포기한 존재로서 그 마음은 방하착放下着 혹은 하심下心의 마음, 그것을 잉어의 지혜로 보고 있는 것이다.

이를 보여주는 다른 시는 〈관음암〉이다.

도봉산 칼바위 아래

쉽게 접근을 허락하지 않는 곳

땀으로

마당바위도 오르고 철쭉꽃도 지나서

육체가 지칠 때쯤

접근 허용하는 곳이지만

윤사월 초파일에는

비좁은 암자에 부처님의 신자로

가득하다

평소에는 길이 멀어서

찾지도 않던

홀로 고적한 암자였는데

삼십 년 넘게 다닌 팔순의 보살님들

젊어서는

다리 힘으로 다녔지만

이제는 신심의 힘으로 다니는 그들

나이도 버리고
몸무게도 버리고
마음의 무게까지 버려서
당도한 염원

극락보전
연등에 불 밝히고
허리 굽혀 엎드린 마음
일신보다
자손들의 안녕을 기원하는 모습
삶의 나이테를 적립한

그들이 부처인 것을

—시〈관음암〉전문

관음암觀音庵은 천축사의 부속 암자로 무학 대사가 건립한 독립 사
찰이다. 태조 이성계가 기도했던 곳으로 알려져 있다. 관음암은 도봉
산역에서 문사동 계곡으로 가는 산행길에 마당바위을 거쳐 오르면

나타나는 사찰이다. 이를 위의 시에서는 "도봉산 칼바위 아래/쉽게 접근을 허락하지 않는 곳//땀으로/마당바위도 오르고 철쭉꽃도 지나서/육체가 지칠 때쯤/접근 허용하는 곳이지만/윤사월 초파일에는/비좁은 암자에 부처님의 신자로/가득"한 사찰로 표현되고 있다. "평소에는 길이 멀어서/찾지도 않던/홀로 고적한 암자였는데/삼십 년 넘게 다닌 팔순의 보살님들"을 시인은 마지막 연에서 "그들이 부처인 것을"이라고 노래한다. 그리고 그들이 이 암자를 찾는 모습을 "나이도 버리고/몸무게도 버리고/마음의 무게까지 버려서/당도한 염원"이라고 노래한다. 팔순 보살들의 염원이 "극락보전/연등에 불 밝히고/허리 굽혀 엎드린 마음/일신보다/자손들의 안녕을 기원하는 모습"이지만 "마음의 무게까지"도 버린 방하착放下着의 마음으로 보고 있는 것이다. 이 마음은 더 이상 버릴 것이 없을 만큼 버린 마음을 의미하는 것으로 인간의 고통으로부터 자유로워지는 마음의 경지이다.

하늘과 닿은 바위가 그려낸

명품 수묵화의 주인 월출산 아래

햇살과 산죽과 바람만이 친구인 절간

정오의 공양시간도 아닌데

돌계단 위 법당에 모셔진 삼존불에

독경하던 스님은 어디로 가셨는지

법당 문만 활짝 열려 있고

탑 아래

졸고 있던 호랑무늬 개 한 마리

낯선 방문객에 경계심은커녕

온몸을 누이며 지성으로 반기는 게

속세俗世의 도반道伴을 불법佛法으로 인도하는

스님의 현신이네

누운 고요를 일깨우는

풍경소리

샘솟아 흐르는 물소리까지 담겨진

불성을

천황사의 개도 아는데

아둔한 나만

왜 몰랐을까

모든 게

비어 있는 시공에

누구에게나 차별 없이 대하는

그 순수의

청량함이여

　　　　　　　　　　　　　—시 〈불성〉 전문

　위의 시 〈불성〉은 월출산 사자봉에 위치한 천황사의 방문의 체험
을 시로 형상화한 시이다. 그곳의 적요함 속에서 시인은 "탑 아래/졸
고 있던 호랑무늬 개 한 마리"를 발견하게 된다. 그 개를 시인은 "낯선
방문객에 경계심은커녕/온몸을 누이며 지성으로 반기는 게/속세俗世
의 도반道伴을 불법佛法으로 인도하는/스님의 현신"으로 인식한다. 그
로인해 시인은 "누운 고요를 일깨우는/풍경소리/샘솟아 흐르는 물소
리까지 담겨진/불성을/천황사의 개도 아는데/아둔한 나만/왜 몰랐을
까"에서 선종의 화두 중 하나인 '구자무불성狗子無佛性'을 떠올린다. 이
화두가 의미하는 것은 "개에게도 틀림없이 불성이 있는데 어째서 없
다고 하느냐?'라는 의문 제기이다.《열반경》에서 말하고 있는 "일체
중생실유불성一切衆生悉有佛性 모든 중생이 부처가 될 성품을 지니고
있다"와 맥락을 같이 하는 화두이다. 시인은 이를 인식하며 "모든 게/
비어 있는 시공에/누구에게나 차별 없이 대하는/그 순수의//청량함
이여"라고 감탄한다. 이 내적 감탄은 만물이 똑같다는 불교의 평등사
상을 환기하면서 오는 감탄이다.

토함산의 양지바른 석굴

잘 다듬은 돌에

부처님이 현신해 계시네

묵언 수행하시며

깨달음을 얻기까지

온몸이 잘라지고 파내어지는 모진 고통에도

모든 걸 내려 놓으셨지

시공時空에 초연하며

생멸生滅이 없는 천상天上의 미소에

자비심慈悲心 가득 굽어 살피시는 모습

세상의 언어로는

그려내기가 난망難望하고

동해의 일출에

은은하게 발산되는 부드러운 광채 진정

신비스러운

이 땅

천년 불국토佛國土

신라의 혼魂일세.

—시〈석굴암〉전문

위의 시〈석굴암〉은 토함산 석굴암의 본존불을 모티프로 쓴 시이다. 이 시에서도 방하착과 하심을 엿볼 수 있다. "묵언 수행하시며/깨달음을 얻기까지/온몸이 잘라지고 파내어지는 모진 고통에도/모든 걸 내려 놓으셨지"(2연)가 그것이다. 그로 인해 얻게 되는 "시공時空에 초연하며/생멸生滅이 없는 천상天上의 미소에/자비심慈悲心 가득 굽어 살피시는 모습/세상의 언어로는/그려내기가 난망難望하고"에서의 적멸과 자비사상을 이 시에서는 직설적으로 표현한다.

불교는 고통을 극복하고 깨달음을 얻기 위한 자비의 종교이다. 불교에서의 무위無爲는 인연을 따라 이루어진 것이 아니라 생멸生滅의 변화를 떠난 것을 말한다. 연기되지 않는 것, 영원불멸의 초시간적 진실, 열반, 진여를 말한다. 진여는 '생멸멸이生滅滅已 적멸위락寂滅爲樂' 즉 생멸이 없어진 자리, 적멸 그대로 즐거움의 자리이다. 이러한 자리를 시인은 석굴암을 "동해의 일출에/은은하게 발산되는 부드러운 광채 진정/신비스러운/이 땅/천년 불국토佛國土//신라의 혼魂"인 진여의 자리로 인식하고 있는 것이다.

김재근 시인은 불교적 상상력을 통해 직설적으로 시를 쓰기도 하지

151

만 김재근의 불교적 상상력은 시 여러 곳곳에서 행간 속 혹은 비유를 통해서도 엿볼 수 있다. 그 하나의 예가 〈죽방렴 멸치〉이다. 이 시는 "가락동 건어물 시장에"서 포착된 멸치를 "세상에/헌신하는 길은 필요한 이에게/자신을 공양하는 것이라며/열반에 든//은빛 바다"(시 〈죽방렴 멸치〉 5, 6연)라는 시각적 이미지로 형상화하고 있는 경우이다.

3. 영성적 각성과 산시山詩

영성적 시는 그 종교가 무엇이든 영성적 인식이나 각성에 의해서 쓴 시이다. 동양적인 종교나 철학이든 서양의 것이든 영성적 각성과 상상력으로 쓴 형이상학적인 시를 의미한다. 이러한 영성적 체험은 김재근 시인이 자연, 특히 산을 통해서 느끼는 것으로 보인다. 등산 체험을 시로 형상화한 시 〈도락산〉을 보자.

도를 깨달음에는 길이 있어야 하고/그 길에는 즐거움이 있어야 한다는 곳//한 발 한 발 산을 오르는 길이/고통을 넘어서/희열을 동반하는 노자의 섭생//살아 있음에/죽어서도 서 있는 나무들 사이로 넘나드는/산의 정기精氣에다/겹겹이 다가오는 산들

의 조아림이/거대한 파도를 몰고 오는 곳//흙 한 점 없는 바위
에/터를 잡고 살아도/이승의 삶이 즐거운 늘 푸른 나무도 만나
고/높은 절벽 바위/고인 물에/올챙이를 기르는/두꺼비의 지혜도
볼 수 있는/여유를 주는 산//언제나 변하지 않은 이름/삶의 은유
로 탈바꿈하여/무념무상의 공간을 선물하는 곳//그곳은/인간의
이해타산이란/조잡한 짐을/내려놓는 법을 터득하게 하는//인생
길의 스승

―시 〈도락산〉 전문

　　도락산은 충북 단양에 위치한 산으로 우암 송시열이 "깨달음을 얻
는 데는 나름대로 길이 있어야 하고 거기에는 또한 즐거움이 뒤따라
야 한다"라는 뜻에서 도락산道樂山이라 이름했다고 한다. 그러나 이
시 〈도락산〉은 특정한 산을 의미하기보다는 모든 산을 표상하는 보
편적 상징으로 비유된 산으로 보인다. 첫 연에서 "도를 깨달음에는
길이 있어야 하고/그 길에는 즐거움이 있어야 한다는 곳"이라는 송
시열의 작명의 의미가 서두에 나오지만, 그 후의 모든 시행들은 모든
산행의 의미에 해당되는 부분이다. 그런 점에서 이 시는 산에 대한
찬가적 성격을 지닌 시로 볼 수 있을 것이다. 2,3연의 "한 발 한 발 산
을 오르는 길이/고통을 넘어서/희열을 동반하는 노자의 섭생//살아
있음에/죽어서도 서 있는 나무들 사이로 넘나드는/산의 정기精氣에

다/겹겹이 다가오는 산들의 조아림이/거대한 파도를 몰고 오는 곳"
이라는 노·장자 자연관이 그것이며, 후반부의 "언제나 변하지 않은
이름/삶의 은유로 탈바꿈하여/무념무상의 공간을 선물하는 곳//그
곳은/인간의 이해타산이란/조잡한 짐을/내려놓는 법을 터득하게 하
는//인생길의 스승"라는 산행의 불교적 수행관이 그것이다.

　　　　산을 오르는 것은 자연에서
　　　　사랑과 자비의 마음을 배우는 기회

　　　　마음이 육신을 이끌고 가는데

　　　　큰 바위가 작은 바위를 업고 있는 모습이
　　　　아기를 업은 엄마처럼 포근하고

　　　　단단하고 매운 살결이
　　　　보드랍게 갈라지는 아픔을 참고
　　　　늘 푸른 소나무를
　　　　사시사철 보살피고 길러내는 바위의
　　　　지극한 희생을 보면
　　　　자신의

고요한 내면을 성찰하면서 이루어내는

무언의 사랑임을 느끼지

산은

오르다 힘들면 쉬어가게 하고 늘어지면

기운을 북돋아 주는 넉넉한 인품의 소유자

무거운 짐은

비워야 오르기 쉬워지고

몇 단계는 한 번에 뛰어넘을 수 없다는

정직한 가르침을 주는 곳

산

그곳은 생명을 기르고 마음을 가꾸는

청정한 안식처

　　　　　　　　　　　　　　　　—시 〈산의 향기〉 전문

위의 시 〈산의 향기〉는 산에 대한 정체성을 "사랑과 자비의 마음을 배우는 기회"를 주는 곳, "무거운 짐은/비워야 오르기 쉬워지고/몇 단계는 한 번에 뛰어넘을 수 없다는/정직한 가르침을 주는 곳//산/그곳은 생명을 기르고 마음을 가꾸는/청정한 안식처"라는 공간인식을 노래한 시이다. 특히 이 시 4연의 "단단하고 매운 살결이/보드랍게 갈라지는 아픔을 참고/늘 푸른 소나무를/사시사철 보살피고 길러내는 바위의/지극한 희생을 보면/자신의/고요한 내면을 성찰하면서 이루어내는/무언의 사랑임을 느끼"게 해주는 존재임을 인식한 부분에서 내면 성찰을 통한 무한한 사랑의 존재임을 주목하게 한다.

그러나 〈산山은〉이라는 시에서는 산의 정체를 악기로, 화가로, 어머니로, 강인한 스승으로, 군자로, 친구와 같은 존재로서 "건강과 안식을 아낌없이 보시하는" 실용적인 존재임을 역설하기도 한다.

그러면서 김재근 시인은 산악인답게 시 〈산으로 오라〉에서는 "언제부터인가/마음이/마음이/자리 잡지 못할 갈등이 일어날 때는/주저 없이 산으로 오라"(1연)고 권유한다. 그리고 "산골 /물소리에 취하고//꽃과 /나무들 속삭임에//한 발 한 발 /힘들게 오르다 보면//어느새/뭉쳤던 그를 녹일 수 있으리//번민도/갈증도/껍질을 벗기 위한 아픔의 과정//정상에 서면/내 마음 모두/푸른 하늘처럼 빈 공간이 되는 것을"(전문)이라 노래하면서 자신이 산과 하나가 된 '산사람'임을 노래한다. 이렇게 산이라는 시적 대상과 김재근 시인은 하나가 된 것이다.

시인은 시적 대상과 하나 되기를 꿈꾼다. 그 속에서 자기 자신의 본질을 탐색하고 그 대상에 대한 본체를 이해하기 위해서이다. 그것을 시학에서는 사물의 자기화 혹은 자기의 사물화라는 말을 쓴다. 〈어떤 역할〉이라는 시를 보자.

그는 늘 배가 고프다
자판기가 토해낸 속살이 드러난 동그란 몸체

한 그루 나무에서 자신을 해체당하고
아프게 변신해서도 늘 그는 부여 받은 역할을
빈틈없이 수행한다.

그는 언제나 정직했다
이윤이란 말도 모르고 더도 덜도 없이 자신의 몸에
받은 만큼 그대로 전해주는

그는 언제나 친절하게 행동한다
때로는 따뜻하게
때로는 시원하게
무엇을 담아도
무엇을 원해도 한 번도 거절한 법이 없는

그는 봉사를 위해 태어났다
비록 한 번의 사랑으로
물러날 수밖에 없는 운명도 탓하지 않는다

마음이 넉넉한 종이컵

그는 분명

헌신의 매신저

　　　　　　　　　　—시〈어떤 역할〉전문

　"그는 늘 배가 고프다"로 시작되는 이 시〈어떤 역할〉의 시적 대상
은 '종이컵'이다. 김재근 시인은 이 시적 대상인 '종이컵'을 '그'라는 대
명사로 지칭하면서 '그'가 된다. 자기를 사물화하고 있는 것이다. 그
래서 첫 행은 "늘 배가 고프다"라고 토로한다. "자판기가 토해낸 속
살이 드러난 동그란 몸체"인 종이컵은 "한 그루 나무에서 자신을 해
체당하고/아프게 변신해서도 늘 그는 부여 받은 역할을/빈틈없이 수
행"하는 종이컵이다. 그 종이컵은 정직하다. "받은 만큼 그대로 전해
주는" 정직성과 언제나 친절하게, 봉사를 위해 태어난 존재이다. 그
리고 사랑을 주기만 하는 운명임을 탓하지 않는 존재이다. 그래서 시
인은 종이컵을 "그는 분명/헌신의 매신저"라고 인식한다.

　이렇듯 우리가 흔히 지나쳐 버릴 사소한 사물에서 시인은 그 본체
의 의미를 찾으려 한다. 그 역할을 통해 종이컵의 정체가 무엇인가를
밝히려 한다. 늘 배가 고프지만 남을 위해서는 헌신하는 존재, 사랑
과 봉사로 이타행利他行을 실천하는 존재, 그 존재는 봉사자이고 보
살과도 같은 존재임을 종이컵을 통해서 새롭게 인식한다.

이 평설의 서두에서 나는 말한 바 있다. 김재근 시인의 세 번째 시집《문사동問師洞 가는 길》의 키워드는 '생명', '자연' '자아성찰'이라고. 그는 자연친화 상상력을 자연과 산山이라는 모티프로 한 시로 표현하지만, 그 모티프를 생명과 자아성찰을 연결시켰으며 그 표현의 방편으로 불교적 상상력을 통해 시에 생명 불어넣기를 시도하고 있음을 탐색했다. 따라서 김재근 시인의 개인적 모티프는 첫 시집《형태소》와 두 번째 시집《삶의 의미》의 연장선상에서 그 모티프들을 확대시켜나가고 있음을 살펴볼 수 있었다. 그러나 이제 그가 나아가야 할 지평은 자신의 개인적 모티프에 대한 사유를 좀 더 깊게 천착하는 일일 것이다. 인간 삶의 진정한 지혜를 위해서.(문학평론가)

백천 김재근 시집

문사동問師洞 가는 길

....

초판 인쇄 | 2020년 12월 09일
초판 발행 | 2020년 12월 16일

....

지은이 | 김 재 근
펴낸이 | 이 노 나
펴낸곳 | (주)인문 엠앤비

....

주 소 | 서울특별시 종로구 북촌로 135
전 화 | 010-8208-6513
등 록 | 제2020-000076호
E-mail | inmoonmnb@hanmail.net

....

값 10,000원

ISBN 979-11-971014-7-2 04800
          979-11-971014-6-5

이 도서의 국립중앙도서관 출판시도서목록(CIP)은 서지정보유통지원시스템 홈페이지
(http://seoji.nl.go.kr)와 국가자료공동목록시스템(htpp://www.nl.go.kr/kolisnet)에서
이용하실 수 있습니다. (CIP제어번호: CIP2020051313)

Printed in KOREA